Natallia Yermakova / Michael Beuthner

# Lilaland

## Ein Heideführer für Klein und Groß

Chamäleon Verlag GmbH

Calluna vulgaris

Neulich war ich wieder zu Besuch bei meinem Onkel Eberhardt Rauborste. Der hat mir das letzte Mal etwas über meinen berühmten Ur-Ur-Ur-Ur-Opa, Salino Weißborste, erzählt, der für die Stadt Lüneburg vor ganz langer Zeit das Salz erfunden...ähm...gefunden hat. Damals bin ich nach Lüneburg gefahren und habe tatsächlich den Beweis dafür gefunden, dass es meinen Ur-Opa wirklich gegeben hat.

Nun erzählte mir Onkel Rauborste eine neue unglaubliche Geschichte: Um Lüneburg herum soll es ein Land geben, das total lila ist! Und in diesem Lilaland soll es mindestens 1000 Königinnen geben, die alle ganz viel Gold besitzen. Und Geisterbäume, die darauf aufpassen! „Wirklich?", fragte ich erstaunt. „Wirklich, wirklich", sagte er, „und wenn Du mir wieder nicht glaubst, dann solltest Du dich auf eine neue Reise machen."

Natürlich fand ich auch diesmal die Geschichte so sagenhaft, dass ich mich auf den Weg machen wollte. Aber wohin? „Wo finde ich denn das Lilaland, Onkel Rauborste?" „Da ich noch nie dort gewesen bin, kann ich es dir nicht sagen. Aber in Lüneburg gibt es ein paar ziemlich verrückte Künstler, die dir mehr dazu sagen können." Also bin ich nun erst einmal unterwegs nach Lüneburg, um herauszufinden, wo das Lilaland ist.

Tatsächlich treffe ich hier einige schräge Künstler, die schon vom Lilaland gehört haben. „Den genauen Weg kennen aber nur die beiden Kutschpferde Clamart und Tartu. Die fahren mit ihren Kutschen oft dorthin. Die kennst Du doch, oder? Die beiden wollten heute zum Salzmuseum", meint Vincent van Borste.

„Oui! Isch kenne das Lilaland trés bien!", ruft Clamart und schlägt prompt vor, dass ich mit ihm dort hinreite. „Stimmt es, dass das Salz etwas mit dem Lilaland zu tun hat?", frage ich Clamart. „Bien sure! Das Salz hat über 1000 Jahre die Geschichte dieser Stadt geprägt. Erst 1980 wurde das Salzwerk hier geschlossen. In dem heutigen Deutschen Salzmuseum hat man früher das Salz aus der so genannten Sole, einem sehr salzigen Wasser von unter der Erde, ausgekocht. Das bedeutet, man hat in sehr großen Sidepfannen die Sole so lange gekocht, bis das Wasser verdampft und nur noch das Salz übrig geblieben ist. Den Rest erkläre ich dir auf dem Weg."

DEUTSCHES
SALZMUSEUM

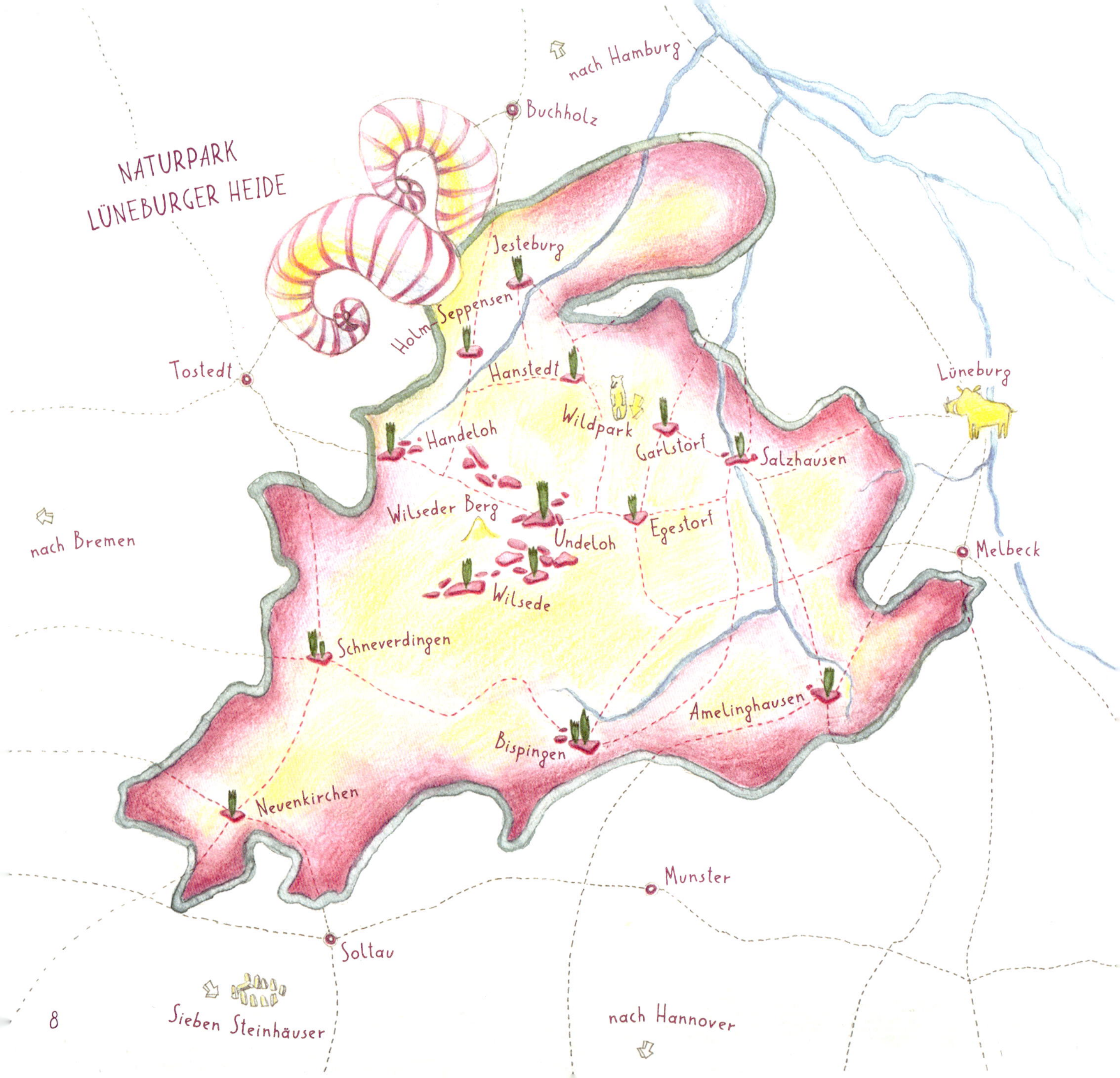
NATURPARK
LÜNEBURGER HEIDE
nach Hamburg
Buchholz
Jesteburg
Holm-Seppensen
Tostedt
Hanstedt
Wildpark
Handeloh
Garlstorf
Salzhausen
Lüneburg
Wilseder Berg
Undeloh
Egestorf
Melbeck
nach Bremen
Wilsede
Schneverdingen
Amelinghausen
Bispingen
Neuenkirchen
Munster
Soltau
Sieben Steinhäuser
nach Hannover

„Alors", meint Clamart, „um die flüssige Sole mit dem Salz damals zum Kochen zu bringen, brauchte man natürlisch Feuer. Dafür haben die Menschen früher Holz benutzt." „Und wieso hat das etwas mit dem Lilaland zu tun?", will ich wissen. „Früher bestand das Lilaland aus ganz vielen Bäumen. Und woraus bestehen Bäume?" „Aus Holz!", rufe ich. „Ach so, dann haben die Leute von der Salzfabrik die Bäume aus dem Lilaland abgehackt und damit das Feuer unter den Pfannen gemacht." „Trés bien, mon ami", sagt Clamart. „Und wieso ist es dann heute lila?", frage ich. „Das wirst du nachher noch sehen, wenn wir da sind."

Hilſede

„Boah, ist das lila! Mein Onkel hatte Recht. Und es sollen hier 1000 Königinnen leben. Kennst du die auch?", frage ich Clamart. „Non", antwortet er und schlägt vor, dass ich zum Dorf Wilsede gehe. „Isch muss nun weiter nach Celle, um dort an der Hengstparade teilzunehmen." „Was paradierst du denn da?", frage ich. „Dümmerchen, isch gehöre seit Jahren zu jenen Pferden, die für ihre dressierten Reiter Preise gewinnen. Aber pass du besser auf, wo du lang gehst, denn hier gibt es über 700 km Wanderwege."

DAT × OLE × HUUS

Im Lilalanddorf Wilsede treffe ich einen alten Hund. „1000 Königinnen? Nö, davon weiß ich nix", sagt er. „Das Dorf hier gibt es seit 1287, aber so viele Königinnen auf ein Mal haben meine Opas und Omas hier noch nicht gesehen. Vielleicht fragst du besser meinen Enkel, der ist Hirtenhund bei einem dieser Menschen. Aber ich warne dich, mein Enkelhund ist ein bisschen arrogant."

Boss der Heide
Calluna vulgaris

„Ich kann dir 1000 blöde Schafe zeigen, aber 1000 Königinnen bestimmt nicht. Diese Schafe schnucken den ganzen Tag herum", erklärt Bellarius Bosshund. „Schnucken? Was bedeutet das?", will ich wissen. „So was wie knabbern. Die knabbern die Triebe der Bäume und Gräser weg, damit die nicht nachwachsen. So kann hier nur dieses lila Kraut wachsen!" „ACH! Dann machen die Heidschnucken das Land lila?", frage ich. „Natürlich nicht: Es sind die Blüten der Calluna vulgaris, so heißt das Heidekraut, das immer zum August und September blüht. Es gibt aber ein altes Schaf beim großen Felsen da hinten, das kannst du nach den Königinnen fragen. Die alte Schnucke heißt Hermine. Aber Vorsicht, die spricht komisch."

Hermann Löns
1866 - 1914
Valleri Valera ha ha ha... U

„Juheirassa! 1000 holde Königinnen? In dem wunderschönen Land, ging ich auf und ging ich nieder. Allerlei am Weg ich fand. Ja, ich habe davon gehört. Juheirassa! Geh hin zum alten Bär im wilden Park. Der kennt diese Königinnen gut, ha ha ha und Juheirassa!" „Warum redest du so komisch?", frage ich. „Komisch? Du bist wohl genauso dumm wie der Hund? Und Juheirassa! Ich dichte zur Schönheit dieses wunderschönen Landes wie einst der Mensch Hermann. Du Kulturbanause!", schimpft sie und schickt mich weiter.

# Die Heidschnucke

Zuordnung: Säugetier, Schaf
Gewicht: 45 bis 60 kg
Lebenserwartung: Ca. 15 Jahre

Profiname: OVIS AMONN F. ARIES

Aber es ist trotzdem nur ein Schaf. Genauer gesagt: ein Knabberschaf.

Am liebsten knabbert dieses Schaf das Heidekraut. Deshalb liebt es die Heide, weil es da praktisch immer in seinem Lieblingsessen rumstehen kann.

Besonders komisch ist, dass es einen langhaarigen Wollpulli trägt, auch im Sommer! Ab und zu ziehen Menschen der Schnucke den Pulli aus, dann steht sie voll nackt in der Heide rum. Die Menschen machen aus dem Pulli wieder Pullis für sich. Komisch, oder?

Von der Heidschnucke gibt es sieben Sorten. Jede Mamaschnucke kann 1-2 Babys im Jahr bekommen, meistens im April. Die Heidschnucke spricht Mähisch. Sie kann insgesamt EINEN Gesichtsausdruck. Sehr doof findet sie den Hirtenhund, weil der so dumm ist und glaubt, der Chef zu sein. Ihr Chef ist in Wirklichkeit ein „Schäfer", der aber gar kein Schaf, sondern ein Mensch ist. Der passt auf, dass den Schnucken nix passiert.

Die Schnucken haben immer ganz große Familien, unglaublich viel Schwestern, Brüder, Onkel, Tanten und so. Und sie haben echte Häuser, in denen sie abends schlafen gehen.

Im Wildpark Lüneburger Heide treffe ich den Brummbär Tapse und die schlaue Eule U Hu: „Ja sicher!", sagt der Bär. „Die Königinnen kenne ich gut! Als ich jung war, habe ich immer versucht ihr Gold zu klauen!" „Was? Dann ist es wahr? Wo finde ich sie denn, Härr Ber?..eh...ich meine: Herr Bär?" „Zum Beispiel bei den Sieben Steinhäusern. Frag dort die Vögel in den Geisterbäumen nach den Königinnen." „Die Geisterbäume gibt es also auch?" „Na klar, Kleiner. Aber komm nicht zu nah an das Gold heran, sonst werden die Königinnen wütend!" „Wieso? Und was sind die Steinhäuser?", will ich wissen. „Ich begleite dich und erkläre es dir", schlägt U Hu vor.

Wild Park

„Die Sieben Steinhäuser sind uralte Gräber für Menschen der so genannten Trichterbecherkultur, die in Norddeutschland die bäuerliche Wirtschaft eingeführt haben. Die waren sehr groß. Der eine Deckstein hat eine Abmessung von fünf mal vier Metern und wiegt 80 000 Zentner", erklärt mir U Hu. Jedes der Gräber war für eine ganze große Familie gebaut."

Neben den Felsengräbern stehen tatsächlich Bäume, die im Nebel wie Geister aussehen. Darin zwitschern Vögelchen mit merkwürdigen Namen. Als ich nach den Königinnen frage, sagt jeder was anderes. „Da vorne!", der Ziegenmelker. „Da hinten!", der Raubwürger. „Da drüben!", der Steinschmätzer. „Da unten!", der Wendehals. „Das bringt uns nicht weiter!", rufe ich.

Zum Glück treffen wir unterwegs Tartu mit seiner Kutsche. Und darin sitzt eine Königin. „Da ist ja eine!", schreie ich vor Begeisterung und frage Tartu, wo die anderen 999 Königinnen sind. Der scheint mich gar nicht zu verstehen und guckt mich komisch an: „1000? Das ist die Heidekönigin aus Amelinghausen. Und so weit ich weiß, gibt es noch die eine oder andere, z.B. aus dem Dorf Schneverdingen", antwortet Tartu. „Aber wieso hat uns Tapse und mein Onkel von 1000 Königinnen erzählt?" „Ach Tapse", sagt Tartu, „der meint nicht die Menschenköniginnen! Ihr müsst da vorne so weit in die Heide laufen, bis die überall summt." Jetzt verstehe ich Tartu nicht, aber wir tun, was er sagt.

Es sind die Bienen! „Ich heissse Summherum Sumsesum. Wollt Ihr etwa unsssser Gold klauen?“, fragt sie. „Aber nein”, antworte ich, „ich wollte nur wissen, ob es euch wirklich gibt. Ihr müsst ja wegen eures Goldes unglaublich reich sein.” Alle Bienenköniginnen fangen an zu lachen. „Was ist so komisch daran?”, will ich wissen. Eine Bienenkönigin erklärt es mir: „Es issst kein Gold aussss Gold, sssondern unsssser Gold issst der berühmte Heideblütenhonig. Der hat eine goldene Farbe und ssschmeckt ganz wunderbar!” Jetzt muss ich auch lachen. „Ach ssso!” antworte ich. „Jetzt kapiere ich es endlich!” Die Bienenköniginnen schlagen ein goldenes Festessen mit allen neuen Freunden auf dem Wilseder Berg vor.

Sssssssss... sssss...
Summm...
Summ...
Summ m m ...

100 Jahre
VNP
Honig

„Der Wilseder Berg ist eines der ersten Stücke Land, die der Heidepastor Wilhelm Bode aus Egesdorf für den Verein Naturschutzpark im Jahre 1910 gekauft hat. Ohne diesen Menschen und den 100-jährigen Verein würde es das Lilaland gar nicht mehr geben", erklärt uns Tapse beim Essen. Das Lilaland ist wirklich wunderschön. Vor allem duftet es ganz toll. Was ich sonst noch so alles bei dem Festessen über das Lilaland erfahren habe, könnt ihr auf meinem Zettel nachlesen. Ich werde nach diesem tollen Abenteuer nun kurz entspannen... und vielleicht hat Onkel Rauborste bald wieder etwas Spannendes zu erzählen.

Merkwürdige VÖGEL leben da:

# Mein Zettel über L i l a l a n d

Lilaland heißt in Echt „HEIDE"

HEIDSCHNUCKEN sind Spezialschafe, die schnucken, also knabbern.

L i l a l a n d ist ein Naturpark, der ca. 1130 $km^2$ groß ist, von denen etwa 58 Prozent Wald und nur 20 Prozent Heideflächen sind.

Die höchste Erhebung der Lüneburger Heide ist der WILSEDER BERG (169,2 m hoch). Andere Berge haben lustige Namen, z.B. Mützenberg (115m), Schiffberg (107m), Hummelsberg (106m), Drullberg (104m), Höllenberg (101m).

Auch die Pflanzen der Heide heißen lustig: Besenheide, Draht-Schmiele, Gemeiner Wacholder, Pillen-Segge, Pfeifengras, Rasige Haarsimse.

100 Jahre Verein Naturschutz-Park

Am 23. Oktober 1909 wurde der Verein Naturschutzpark (VNP) in München gegründet. Es war geplant, zunächst einen Nationalpark im Hochgebirge, in einem Mittelgebirge und in der norddeutschen Geestlandschaft einzurichten. Bereits 1913 hatte der Verein über 13 000 Mitglieder.

Als Standort des norddeutschen Nationalparks wurde die Lüneburger Heide bei Wilsede ausgewählt. Mit den Geldern des VNP konnten bis 1913 mehr als 30 $km^2$ Heidefläche gekauft oder gepachtet werden. 1921 wurden erstmals in Deutschland mehr als 200 $km^2$ der Lüneburger Heide unter Naturschutz gestellt. Hier setzte sich insbesondere Wilhelm Bode, damals Pastor in Egestorf, für die Erhaltung dieser wunderbaren Landschaft ein.

PASTOR WILHELM BODE

## HERMANN LÖNS...

wurde im August 1866 in Kulm bei Bromberg in Westpreußen geboren. Er war ein deutscher Journalist und Schriftsteller. Seine Schul- und Studienzeit verbrachte er in Krone (heute: Walcz in Polen) und Greifswald. Löns war einige Zeit Weichtierkundler, studierte Medizin und Naturwissenschaften, brach das Studium jedoch ab und versuchte sich in den 1890er Jahren als Journalist. In dieser Zeit begann er seine Gedichte zu schreiben, die von Natureindrücken aus der Heide geprägt waren und von denen später viele vertont wurden. 1893 kam er das erste Mal in die Lüneburger Heide nach Walsrode, in dieses „wunderschöne Land", wie er die Heide so gern nannte. Schon zu Lebzeiten war Löns als Jäger, Natur- und Heimatdichter sowie als Naturforscher und -schützer zu einer berühmten Persönlichkeit geworden. Man nennt ihn auch oft den „Heidedichter". Seine Mützen und Hüte z.B. kann man im Heimathaus Walsrode anschauen. Hermann Löns ist im September 1914 in der Nähe von Reims in Frankreich gestorben. Ein großer Stein inmitten des Tietlinger Wacholderhains in Walsrode markiert die letzte Ruhestätte des Heidedichters.

HERMANN LÖNS (1866 - 1914)

## Alle Birken grünen (Gedicht)

Alle Birken grünen in Moor und Heid,
Jeder Brahmbusch leuchtet wie Gold,
Alle Heidlerchen dudeln vor Fröhlichkeit,
Jeder Birkhahn kullert und tollt.

Meine Augen, die gehen wohl hin und her
Auf dem schwarzen, weißflockigen Moor,
Auf dem braunen, grünschäumenden Heidemeer
Und schweben zum Himmel empor.

Zum Blauhimmel hin, wo ein Wölkchen zieht
Wie ein Wollgrasflöckchen so leicht,
Und mein Herz, es singt sein leises Lied,
Das auf zum Himmel steigt.

Ein leises Lied, ein stilles Lied
Ein Lied, so fein und lind,
Wie ein Wölkchen, das über die Bläue zieht,
Wie ein Wollgrasflöckchen im Wind.

## „Auf der Lüneburger Heide" (Lied)

1. Auf der Lüneburger Heide
In dem wunderschönen Land
Ging ich auf und ging ich nieder
Allerlei am Weg ich fand

Valleri Valera ha ha ha
Und Juheirassa
Bester Schatz
Denn du weißt es ja

2. Brüder laßt die Gläser klingen
Denn der Muskateller Wein
Wird vom langen Stehen sauer
Ausgetrunken muß er sein

3. Und die Bracken und die Bellen
Und die Büchse und die knallt
Rote Hirsche wollen wir jagen
In dem grünen, grünen Wald

4. Ei du Hübsche, ei du Feine
Ei du Bild wie Milch und Blut
Unsere Herzen wollen wir tauschen
Denn du glaubst nicht wie gut das tut

NATALLIA YERMAKOVA hat in Witebsk in Weißrussland Kunst auf Lehramt studiert. Sie hat zudem an der Hochschule für Angewandte Wissenschaften in Hamburg in der Fakultät Design Medien Information mit dem Schwerpunkt Illustration ihr Diplom gemacht. Dieses Buch ist ihre Diplomarbeit und ihr zweites Buch. Natallia Yermakova lebt in Lüneburg.

MICHAEL BEUTHNER hat Journalistik, Kommunikationswissenschaften, Germanistik und Psychologie in Münster studiert. Danach hat an der Universität Lüneburg, Hamburg und an der Hamburg Media School gearbeitet. Er ist Autor zahlreicher Fachbücher über Medien und Journalismus. Dieses Buch ist sein zweites Projekt für Kinder. Michael Beuthner lebt in Lüneburg.

WIEDER im Handel!

Die 2. überarbeitete Auflage des ersten Kinder- und Sachbuches von Natallia Yermakova und Michael Beuthner

„LÜNEBURG – Ein Stadtführer für Klein und Groß"

Das kleine Wildschwein Ebi Borste präsentiert uns die schöne Salzstadt an der Ilmenau. „Lüneburg – Ein Stadtführer für Klein und Groß" ist eine außergewöhnliche Mischung aus Sachbuch und Märchenerzählung, die mit viel Witz, Charme und vielen Informationen durch die Hansestadt Lüneburg führt und dabei Kindern wie Erwachsenen im Rahmen einer bezaubernden Geschichte die wichtigsten Sehenswürdigkeiten näher bringt.
Eine Stadtführung, wie es sie bisher noch nicht gegeben hat, begeistert gleichermaßen die Kleinen wie die Großen.

ISBN 978-3-922639-14-5

Idee und Konzept: Natallia Yermakova und Michael Beuthner
Grafische Gestaltung und Schrift: Natallia Yermakova
Text: Michael Beuthner

Herstellung: Nordlanddruck, Lüneburg
ISBN 978-3-922639-18-3